Survivre pour vivre

Cécilia Noëlla Keba

Survivre pour vivre

LE LYS BLEU
ÉDITIONS

ISBN : 979-10-377-4929-1

À papa et maman
Aux enfants des rues
Aux enfants maltraités

À cœur ouvert

Mon nom, c'est Vanessa, originaire du Congo-Kinshasa. Enfant, j'ai vécu un an dans les rues de Kinshasa et 9 ans dans les rues de France. Ayant été abandonnée par ma propre famille en France et, sans-abri, j'ai vécu des atrocités, failli oublier que Dieu existe et assisté à des scènes qui m'ont révoltée. J'ai aussi vécu des choses qui m'ont révoltée et qui ont rendu mon cœur dur !

Ces souvenirs me reviennent constamment, et s'ils m'empêchent d'accepter le bonheur présent, ils me rendent plus forte aussi, déterminée que je suis là à me battre pour mes compagnons de misère.

À mon jeune âge, j'avoue avoir un peu peur de raconter mon histoire, peur de vos pensées par rapport à cette histoire, à mon vécu.

Qu'allez-vous penser de moi ? C'est mon histoire, c'est ce que j'ai vécu.

« Ce n'est pas grave, me disent mes responsables Elkaim Anne et Sylvie Lotfi, on comprend, mais vas-y, Vanessa, nous sommes tes plumes, nous sommes là pour te protéger, parle-nous, parle-nous de toi. »

Mes responsables : « Nous les avons connus dans une classe où elle était élève, sans papier et sans domicile fixe. Les foyers d'urgence étaient impossibles pour elle, car elle n'avait pas de situation. Nous l'avons prise sous nos ailes pour la protéger, nous l'avons accompagnée jusqu'à présent, nous l'avons rencontrée en 2018 après avoir fait sa connaissance dans des circonstances atroces. Nous avons constaté que Vanessa est une fille responsable, réfléchie, qui a traversé la vie, elle a beaucoup souffert dans sa vie privée, elle a sous nos yeux été rejetée par les siens, elle a un frère jumeau ainsi qu'une sœur. Par suite de ce qu'elle a vécu, elle a acquis beaucoup de maturité et appris beaucoup de choses.

Accusée de sorcellerie par les siens et maltraitée, Vanessa a vécu une grande partie de son enfance dans les rues de Kinshasa et de la France. Devenue une enfant de la rue à Kinshasa, racaille et sans domicile fixe en France pendant 9 ans, elle doit se débrouiller seule pour SURVIVRE.

Durant neuf ans, elle a toute seule affronté la misère, la maladie, la faim et la violence.

Le fabuleux destin d'une adolescente qui se confie à nous dans un livre bouleversant, son douloureux parcours. Des rues de Kinshasa au tapis rouge de la justice à Paris.

Après lui avoir beaucoup parlé, Vanessa nous a enfin ouvert son cœur tant en lingala qu'en français. »

J'ai beaucoup parlé, rêvé aussi, j'ai été hantée par des voix d'enfants maltraités…

— Vous me reconnaissez ?

— Regardez de plus près.

— Alors, que voyez-vous ?

— Rien ?

— Rien du tout ?

— Eh bien, c'est que vous m'avez reconnu alors.

Aujourd'hui, j'ai le privilège d'avoir autour de moi tout ce monde, le privilège d'être vue et entendue, alors je profite de la chance qui m'est donnée pour vous transmettre le message entant qu'enfant maltraitée, enfant de la rue. J'aurais souhaité que vous l'entendiez :

Je suis le rat que l'on déteste, je suis l'enfant de la rue, le vilain petit canard des proches, l'enfant maltraité, l'enfant rejeté par les siens.

Abandonnée, humiliée et rejetée, je « jonche » les rues de ville du monde entier, je hante vos cartes postales et pollue votre air. Pourtant, avant d'être rejetée, je suis un enfant. Un enfant comme le vôtre et comme vous l'étiez un jour certainement.

Mon passé est douloureux et mon présent une torture, mon futur, un espoir que je dois réussir à concrétiser, mais je reste un enfant. Et comme tous les enfants, j'incarne le futur, notre futur.

M'abandonner, m'humilier et me rejeter, c'est renoncer à rendre ce futur meilleur.

Ce n'est pas de votre faute si je suis devenue un enfant de la rue, un enfant rejeté, abandonné ou humilié, mais vous êtes tristement complices si, comme des millions d'autres, je le reste. Que faire pour que cela cesse ? Eh bien, commencez par accepter de me voir ; ne plus être invisible, c'est faire partie des vivants, c'est exister.

J'espère qu'en me voyant, vous me reconnaitrez comme l'un des vôtres.

Alors, peut-être que la détresse de ceux au nom desquels je parle vous touchera et vous vous engagerez pour qu'elle disparaisse à jamais.

Je vous en prie, regardez-moi, entendez-moi et surtout écoutez-moi.

Moi, Vanessa, j'ai un jour été une enfant de la rue, une sorcière, comme la famille l'avait décidé à Kinshasa (République Démocratique du Congo), je n'ai pas été accepté par les miens depuis mon arrivée. Une racaille et une sans domicile fixe depuis

4 ans en France, mais aujourd'hui grâce à mes responsables, je vole très haut dans le ciel.

Combien de champions, d'artistes, de génies méconnus n'auront jamais la chance de déployer leurs ailes comme moi ? Combien de Vanessa sont mortes ou perdues, écrasées par la misère, les difficultés et les souffrances ?

Je ne veux pas être jugée, je ne veux non plus effrayer ! Pourtant, je dois le faire. Parler de mes bourreaux est une façon de remercier ces héros qui se sont retrouvés sur mon chemin, tels des anges gardiens.

Je suis une survivante. Je ne veux pas susciter de la pitié, mais l'espoir.

Je veux simplement raconter qu'en luttant, qu'en surmontant, des épreuves sans se décourager, on peut saisir sa chance quand elle se présente, changer le cours des choses, et permettre à nos rêves de se réaliser. Nous devons tous essayer, recommencer réapprendre, reconstruire pour évoluer demain.

Être le maitre de mon destin. Écorchée vive, j'écris avec l'aide de mes responsables pour panser mes plaies, alerter sur les souffrances des autres et dénoncer cette misère.

J'ai mis un certain temps avant de réaliser et d'accepter qu'un formidable ange pouvait changer le cours de ma vie, mon destin, et ça, en un claquement de doigts. Cet individu qui m'a sortie de la misère pour être aujourd'hui ce que je suis, foulé les pieds de la justice française. J'espère que cette histoire pourra inspirer et donner de l'espoir à tous ceux qui sont abandonnés à leur triste sort, ceux qui n'ont même plus la force de rêver ni de réaliser leurs rêves, ceux qui par les aléas de la vie ont abandonné pour rester dans leur trou de misère.

Vous ne devez pas avoir de la rancœur pour tout ce que les miens ont pu me faire, j'ai compris avec le temps qu'ils ont été utilisés. Ils étaient le canal par lequel mon bonheur devait passer. Peu importe ce qui a pu se passer, ils restent les miens. Surtout, je ne peux rien y faire, avant tout c'est grâce à eux que je suis ce que je suis – ce que je suis aujourd'hui c'était un chemin que je ne pouvais éviter, car c'est grâce à ça qu'il y a eu l'opportunité de faire, d'être, de construire et avancer la vie est remplie d'opportunités, même dans la misère vous pouvez avoir l'opportunité de vous en sortir.

Si le bonheur est venu frapper à ma porte un jour, c'est tout simplement parce que j'étais encore assez vivante dans mon corps, mon cœur, et mon âme pour le recevoir.

La violence extrême de la rue et de ce que j'ai vécu n'avait pas effacé mon âme d'enfant.

Nous avons tous des rêves, mon rêve n'était pas de me voir sur tous les écrans, mais de sortir définitivement de l'extrême pauvreté, souffrance, des difficultés ; vivre comme tout enfant, venir en aide à tous ceux qui ont vécu ou vivent les mêmes choses que moi, au Congo, en France et partout dans le monde.

Il me fallait d'abord SURVIVRE pour VIVRE.

Août 2008
Le début de ma nouvelle vie en France avec mère

Je n'ai pas connu ma mère, car elle est arrivée en France dans les années 99, elle m'a laissée lorsque j'avais 5 ans. Depuis le départ de ma mère en France nous sommes restés dans la maison de nos tantes, qui ne trouvaient pas notre présence dérangeant au départ (lorsque ma mère était partie). Contrairement aux coutumes francophones en Afrique, la famille ne se compose pas uniquement du père, de la mère ainsi que des enfants. La famille est aussi composée de cousins, tantes, frères, sœurs, etc. Nous jonglons dans les maisons des tantes jusqu'à un certain âge, mon frère jumeau et moi. À un certain moment, nous fûmes séparés : mon frère et moi étions allés chez une tante qui vivait seule à la commune de Matete, toujours à Kinshasa, avant notre voyage en Angola tel que ma mère l'avait décidé après ce problème.

Nous étions en 2000, lorsqu'une tante nous a dit qu'on était des sorciers, elle avait fait appel à mon père qui lui aussi se battait pour vivre dans la même ville, étant sans endroit fixe à Bandal, toujours dans la commune dans la ville de Kinshasa, ainsi que deux pasteurs pour nous délivrer Pour mon père, ils étaient des menteurs, nous n'avons jamais été des sorciers tel que beaucoup pouvaient le prétendre, car ils ont été payés avec l'argent que ma mère avait envoyé pour nous délivrer, mon frère et moi. Ces amateurs avaient détourné ma mère, car l'histoire s'est révélée fausse à la fin.

Lorsque ces pasteurs sont arrivés, il y avait une réunion de famille. Mon père, qui n'avait jamais cru à cela, avait demandé à prier avant de commencer leur procédure de guérison de la sorcellerie. Je me souviens de sa prière par cœur, je m'en souviens mot pour mot de sa prière mon père avait dit (Éternel, Ananias et Saphira ont menti en ton nom si ce qui est dit aujourd'hui au sujet de mes enfants est vrai, que cela quitte au nom de Jésus ! Si c'est le contraire, que ton jugement triomphe ! Il était très croyant.

Après la réunion, mon frère et moi avons commencé la procédure de délivrance ; elle se déroula ainsi : chacun d'entre nous devait entrer dans une maison. Ensuite, il était question de s'asseoir sur un tabouret. Le pasteur, couvert d'une petite serviette sur la tête, nous tournait autour pendant un bon moment, puis il nous touchait un peu partout. Chaque fois qu'il touchait une partie de notre corps, il sortait des choses sous forme de thon blanc. Pour lui, c'était ça les corps des personnes qu'on avait mangées. La séance par personne durait 60 minutes et coûtait 30 dollars. Mon jumeau et moi y assistions 2 h, une fois par semaine.

Après un mois, l'un des pasteurs est mort naturellement, et le jour de son enterrement l'autre aussi est décédé. Lorsque cela s'est produit, je me suis souvenu de la prière que mon père avait faite.

Mon père : un homme calme très calme c'est une grâce de l'avoir comme père, un ami de tout en tout. Nous avons une connexion incroyable, c'est mon amour infini, un ingénieur informatique, un amour, un père spirituel et physique.

Après cet événement, ma mère avait décidé qu'on aille en Angola afin de chercher un moyen pour nous rendre en France, car elle s'est battue pour nous, elle voulait absolument qu'on la rejoigne, car elle voulait reconstruire sa famille. Nous sommes allés en

Angola, car au Congo nous avions du mal à obtenir un visa pour la France.

Nous sommes arrivés en Angola en 2005, mon frère, mon père et moi ainsi que mon frère jumeau nous étions allés en Angola. Les autres frères et sœurs étaient partis en Afrique du Sud à la recherche de meilleures conditions de vie pour SURVIVRE.

C'était aussi ma mère qui nous prenait en charge. Nous avons fait 6 ans en Angola, j'ai fait aussi quelques études dans une école française en Angola où mon frère jumeau me payait les minervals pour aider un peu ma mère, car c'est elle qui s'occupait de nous, elle nous envoyait de l'argent, c'était ma mère qui finançait nos études, mon frère et moi au Congo.

Ma mère, une femme qui s'est donnée corps et âme pour ses enfants, une femme qui aime se battre pour ses enfants, elle s'est donnée corps et âme pour nous, son souhait a toujours été qu'on puisse tous venir la rejoindre en France, malheureusement ça n'a pas été le cas, mais elle a réussi à nous faire venir, mon courage vient d'elle ; c'est mon amour de mère, c'est juste qu'elle a un très fort caractère.

En février 2008, ma mère a décidé de notre retour au Congo pour vivre chez son petit frère qui habitait avec sa femme et ses enfants il fait la politique actuellement Pathy Katanga c'était un homme qui a fait ses études ici en France, un homme intègre, très gentil. Quelqu'un qui nous a vraiment portés dans son cœur, alors que nous étions dans l'obligation encore une fois de nous séparer de notre père pour venir en France afin de rejoindre notre mère. Pour venir en France Je ne sais pas où il vivait au Congo, car lorsque nous y sommes rentrés, il ne vivait plus avec nous. Parfois, nous allions le rencontrer dans un quartier à Bandal, un quartier dans la ville de Kinshasa, RDC nous ne savions pas ou vivait exactement notre père.

Je suis arrivée en France avec un monsieur que je ne connaissais pas. Il voulait absolument que je rejoigne la France en 2008 au mois d'août. Ma mère était venue me chercher à l'aéroport Charles de Gaulle en France, où j'avais atterri. Pour la première fois, tout allait bien. Après 8 mois, les cauchemars ont commencé (mon frère jumeau était resté en République démocratique du Congo [RDC] avec le petit frère de ma mère).

J'étais devenue la mère de la maison à l'âge de 14 ans, c'est moi qui faisais le ménage à la maison, chaque jour au réveil, le matin, je devais faire la vaisselle, passer la serpillère à la maison, épousseter, cuisiner, servir à manger à ma petite sœur qui ne faisait rien ; elle était chef à la maison.

Lorsque j'ai commencé l'école, ma mère avait mon emploi du temps, elle savait quand je devais finir et quand je devais rentrer. Généralement, je finissais à 17 h, ou à 17 h 30, je devais déjà être à la maison en train de faire à manger pour tout le monde. Avant de dormir, je devais faire le ménage. Je n'avais pas de temps pour me concentrer sur mes études. Elle me traitait de tous les noms lorsque je faisais quelque chose qui était à l'encontre de ce qu'elle attendait. (Pour elle, elle voulait m'éduquer à sa manière). Me tabasser pour un rien était son plaisir, elle avait fait comprendre à toute sa famille que je n'étais pas un enfant bien éduqué, que j'étais une menteuse, j'étais là pour diviser la famille, au moindre faux pas, elle appelait son frère ou sa famille pour venir me taper à la maison, pourtant elle faisait que ça. J'ai passé des jours sans manger, sans boire, j'ai dû faire des jeûnes forcés, car lorsqu'elle s'énervait, elle me tapait, puis elle m'interdisait de manger, de sortir. Pour elle, je devais rester entre les 4 murs de la maison. Je ne sortais que le dimanche pour aller à l'église, pourtant je ne croyais pas en Dieu, même si j'y allais et que j'étais chanteuse, pour moi Dieu n'existait pas.

Suite à tous ces problèmes je ne travaillais pas bien à l'école mes notes étaient en baisse, lorsqu'on envoyait le bulletin à la maison ou au conseil de classe c'était mort pour moi.

Tonton Justin : un homme charmant, beau, noir, grand, aux cheveux noirs, c'était le petit ami de ma mère. Il vivait avec ma mère dans la maison où je vivais aussi, il était sans-papiers, mais travaillait au noir, c'était un peu mon sauveur. Il a vécu tous mes supplices, en France il était mon protecteur, y compris dans cette maison. Il s'est séparé de ma mère c'était un homme rempli d'humilité. Comme c'était trop dur pour lui d'accepter cela, il avait quitté la maison pour aller dans la rue (le jour où il a quitté la maison, c'était double souffrance pour moi).

Deux jours avant qu'il quitte la maison, je m'étais battue à l'école avec une fille du nom d'Afisatout qui m'avait insultée en cours pendant que le professeur m'avait demandé de lire à haute voix le paragraphe d'un livre que nous étions en train d'étudier (j'étais en classe de fleur, français langue étrangère au collège Henry Bergson dans le 19e arrondissement). À la sortie, nous nous nous sommes battues et avons été exclues toutes les deux pendant deux jours.

Comme c'était la fin de journée, l'école n'avait pas appelé les parents pour les informer de cela. Lorsque je suis rentré, je n'ai rien dit à ma mère par peur qu'elle me frappe, car à chaque fois qu'elle me frappait, elle me blessait quelque part. Le lendemain, je me suis réveillée comme tout le monde, je suis allée traîner dans les métros (j'allais de terminus en terminus, marchait sans savoir vraiment où j'allais j'attendais juste que l'heure passe, je ne savais pas que l'école avait appelé ma mère le matin même pour lui expliquer ce qui s'était passé avec ma camarade de classe ; on lui avait même dit que j'étais exclue pendant deux jours, je n'avais pas le droit de venir à l'école, qu'en ce moment-là j'étais absente. En effet, j'étais en train de me balader dans les rues de Paris, de métro en métro, de terminus en terminus). Comme je n'avais pas de téléphone, ma mère ne m'avait pas appelée. Aussi, j'ai continué à me balader jusqu'à 17 h. J'avais repris le chemin de la maison, croyant que ma mère ne savait rien, dès que je suis rentrée, elle m'a demandé d'où je venais, je lui ai répondu que je venais de l'école. J'étais obligée de mentir pour mettre la paix à la maison, je n'avais pas de choix en ce moment-là. Elle a pensé que j'étais chez un homme, je suis une pute.

Ce jour-là, ma mère s'est mise à me battre, car j'avais menti selon elle. Elle m'a frappée et blessée à l'œil gauche, elle avait cogné ma tête contre les pieds d'une table à révision, parce que je pleurais pendant qu'elle coupait les cheveux. Dès qu'elle a vu le sang, elle s'est arrêtée, mais continuait à m'insulter. Je suis restée dans ma chambre avec le sang comme de 18 h à 21 h, jusqu'à ce que le monsieur fût rentré de son travail qui m'avait emmenée à l'hôpital pour un pansement dessus. Je suis restée toute la nuit aux urgences avec lui, nous sommes rentrés vers 5 h du matin, le calvaire a recommencé. Ce monsieur n'a pas supporté, c'est alors qu'il est parti pour toujours de là. Il avait décidé de quitter la maison sans rien me dire et mon calvaire avait doublé entre l'école, les cris, les insultes, l'humiliation, les rabaissements, etc.

Après cet événement, j'avais décidé d'être sage à l'école et à la maison. Je faisais ce qu'elle voulait sans me plaindre, sans rien dire, car dans ma conscience j'étais persuadée que si on me frappe, c'est parce que je suis coupable et que je suis une mauvaise fille, effectivement mal éduquée, qui n'a pas connu les hommes, mais dont sa mère est persuadée qu'elle était pas bien pendant qu'elle était dans les rues de Kinshasa, une fille malhonnête, selon ma mère, menteuse surtout qui ne vaut rien. Elle m'a dit qu'elle regrette de m'avoir enfantée, de m'avoir mise au monde de m'avoir eu comme enfant.

Quelque temps après, en 2009, mon frère jumeau était arrivé. Je croyais que les choses allaient changer, en fait, non rien n'avait changé. Mon jumeau, il s'appelle trésor, un homme si calme, sage, observateur, sans défense, il voyait ce que ma mère me faisait, mais il ne me disait rien. Il n'avait jamais rien dit, car pour lui ma mère n'écouterait pas, il dit qu'il a essayé à plusieurs reprises de lui parler, mais au contraire elle l'insultait à son tour. Ma mère a toujours raison, elle pense toujours avoir raison dans ses actes, ses actions, ce qu'elle fait, ce qu'elle dit, elle se sent tellement libre que pour elle rien ne peut l'empêcher de faire ce dont elle a besoin. Mon frère était le spectateur de ce qui s'est passé à la maison.

Quelques mois après l'arrivée de mon frère, un soir avant d'aller au travail la nuit (elle est aide-soignante), elle m'a dit qu'après avoir fait le ménage, je range mon placard, que le lendemain tout doit être net.

Je suis restée après avoir fait le ménage, j'avais rangé mon placard vers 21 h, lorsque ma petite sœur est allée se changer pour se mettre en pyjama vers 00 h (nous étions pendant les vacances d'août en 2011), elle avait dérangé tous les habits dans mon armoire sans faire exprès, sans avoir été passée après elle pour pouvoir ranger à nouveau, pour échapper aux injures insultes et bastonnade de ma mère, je n'ai pas fait cela, car je croyais que ma sœur avait fait attention à ça !

Le lendemain matin, nous étions un certain 3 août, ma mère revenait du boulot, lorsqu'elle a regardé sur mon placard il était 8 h du matin. Sans rien dire, elle est entrée dans notre chambre (avec ma petite sœur, nous dormions dans un lit superposé), elle m'a dit de descendre. Lorsque je suis descendue, c'était le calvaire. Elle avait une ceinture remplie de fer autour, elle a commencé à me frapper dans tous les sens, sans regarder, sans contrôle, de haut en bas. Je précise qu'elle ne frappe pas souvent, mais lorsqu'elle décide de te toucher, elle doit obligatoirement voir le sang.

J'ai fait l'effort de sortir de la chambre pour aller dehors, enfin au salon, elle m'a rattrapée et prise par le bras, elle m'a roulé le bras jusqu'au claquement de la porte. Après le claquement, elle avait pris mon bas elle l'a coincé entre les portes. Je suis tombée en perdant connaissance dans le couloir, elle a pris mes habits et les a mis dehors, remplis de sang. Lorsque je me suis réveillée, j'étais déjà à l'hôpital (Hôtel Dieu à Paris). On m'a informée que les voisins qui étaient juste en face de nous avaient appelé la police.

Lorsque je me suis réveillée, j'étais transportée dans un foyer d'urgence au métro commerce, par l'aide sociale à l'enfance. 2 semaines après, j'étais allée au foyer d'urgence USA à la ville de colombe dans le 92. 8 mois après, nous avions eu une audience à la Cour correctionnelle avec ma mère pour l'acte qui avait été posé. J'avais déjà eu l'audience avec le juge d'enfants, Mme Lefèvre. À la fin de l'audience elle était condamnée à 1an de prison ferme, mais les jurés m'ayant demandé mon avis, ce que j'ai pensé, alors tout de suite l'instinct maternel avait sonné et pris le dessus. Je m'étais dit au-dedans de moi si elle m'a frappée, si elle se retrouve dans cette situation, c'était à cause de moi. J'ai eu mal très mal de la voir souffrir, alors j'ai dit aux jurés devant l'audience qu'elle s'occupe de mes frères et sœurs en Afrique, et que 1an de prison ferme serait inconcevable pour mes frères et sœurs, surtout ceux qui était en Afrique comment allaient-ils s'en sortir sans son aide ? Alors les jurés ont changé leur décision sur le champ, elle a subi 1 an de prison avec sursis.

J'étais placée dans une famille d'accueil, ma responsable d'accueil était tellement sympathique avec moi, j'avais enfin réussi à avoir mon bac professionnel de vente ainsi que mon cap assistante technique du milieu familial et collectif et dans cette famille. Elle s'appelle Mme Elmediouni, veuve avec ses 3 enfants ainsi que 2 enfants adoptés y compris moi. Mme Elmediouni nous avait portés comme si nous étions ses propres enfants, on l'avait surnommée tata. Elle savait comment s'occuper de nous, une femme avec un très grand cœur, chez elle était chez nous. C'était ma seconde mère, mon amour de mère, ma tata chérie. Je vous jure, pour la première fois, j'ai découvert ce qu'on appelle amour, affection, conversation, dialogue, rigolade, LIBERTÉ.

Après 1 an passé avec eux, j'avais décidé de rentrer chez ma mère, car le manque de contact avec ma famille, surtout mon jumeau trésor, c'était insupportable ! J'avais l'impression qu'il était devenu la nouvelle proie, car il ne parle pas, il et très calme. Je me disais toujours qu'il était en train de subir ce que je devais subir, car c'est de ma faute s'il est dans cet état-là, j'avais l'impression qu'il n'y était pour rien, mais qu'il subissait ce qui n'était pas destiné à lui.

Un soir, après avoir pensé à mon jumeau, j'avais décidé de fuguer de ma famille d'accueil le lendemain pour rentrer chez moi, chez ma mère. J'étais déterminée à lui demander pardon tant qu'elle pourra me pardonner, j'étais prête à faire ce qui était bon pour elle pour me laisser me réinstaller à la maison pour mon jumeau. J'avais alors décidé de laisser une lettre écrite à ma famille d'accueil, que je suis rentrée chez ma mère, que mon jumeau me manquait, que j'avais tout ce dont j'avais besoin, mais il y avait quelqu'un, quelque chose dont il était impossible de s'en passer, c'était le manque de mon jumeau, le manque de sa présence. Sur le coup, plus rien ne comptait qu'être avec lui, mon jumeau, mon frère. J'avais tout écrit dans la lettre et j'étais retournée chez moi, chez ma mère (comment échapper à la souffrance quand celle qui en est l'auteure est celle qui est censée nous protéger, nous chérir, nous comprendre et nous cacher sous ses aisselles ? Si vous étiez à ma place qu'est-ce que vous auriez fait ?).

Arrivée chez moi, chez nous, au départ elle ne voulait pas m'ouvrir, mais après plusieurs heures, elle avait fini par ouvrir la porte, c'était un samedi.

Depuis, ma mère avait une rancœur contre moi et ce n'est que plus tard que je l'ai su. Elle était super gentille avec moi, naïve sans rien savoir le lundi on m'avait mis sous la surveillance d'une association (Jean Coxtel situé à métro république dans le 12ᵉarrondissement de paris). L'association me suivait, sur ma scolarité, ma vie à la maison, ma mère était très accueillante avec eux, y compris moi. J'étais devenue une enfant comme tous les autres jusqu'à mes 21ans !

À mes 21ans, j'étais majeure. L'association et les juges n'avaient plus le droit de continuer à me suivre nous avons donc passer l'audience devant une juge pour une décision finale. La juge m'avait demandé ce que je voulais, vu son comportement qui avait changé, j'avais décidé de rester à la maison auprès de ma famille, chose que l'association avait aussi acceptée. Ensuite, on m'avait rendu le chèque de 5 000 € que j'ai rendu, car c'était l'argent qu'on avait pris directement à la banque de ma mère pour la pénalité, amende pour ce qu'elle avait fait. Naturellement, je lui avais rendu cet argent, car pour moi, ça lui appartenait, vu aussi qu'elle avait changé avec moi, c'était impossible pour moi de l'utiliser.

Pendant tout ce temps, elle n'avait fait aucune démarche administrative pour obtenir mes papiers au niveau de la préfecture, mais elle a trouvé bon de recommencer à me punir, reprendre ses agressions psychologiques, me taper, ne plus me donner à manger, à partir de là, il y avait plus de haine dans ses yeux, son caractère, qu'avant. Lorsque j'étais rentrée à la maison, j'avais repris les tâches de la maison, j'ai dû faire une année sabbatique, car c'était trop dur pour moi de supporter tout ce que j'ai vécu. À l'école, ça n'allait plus, je n'étais pas concentrée, pour moi elles ne servaient à rien, les études. J'ai passé plus ma vie à déranger qu'à me concentrer pour travailler sérieusement.

Entre me chasser de la maison, me taper, ne pas me donner à manger, je ne savais plus quoi faire. À chaque fois qu'elle mettait mes affaires dehors, elle me chassait de la maison et s'attendait à ce que je revienne comme une chienne à ses pieds pour demander pardon pour qu'elle me reprenne sans me donner à manger, sans me parler, que je continue à faire les tâches ménagères à des heures tardives. Elle se foutait que j'aille ou non à l'école, je ne pouvais rien faire, car je suis allée deux fois voir l'assistante sociale du quartier qui a été la sienne aussi à plusieurs reprises. Elle m'a dit qu'elle ne pouvait rien faire, car je n'avais pas de situation, c'est-à-dire pas de papiers ni travail, donc la seule chose qu'elle pouvait faire, c'était de l'appeler pour la supplier de me reprendre. Elle a fait cela plus de 10 fois, à chaque fois je revenais et elle recommençait, et puis il fallait faire très attention, car ça pouvait reprendre le lendemain.

À cause de tout cela, je m'étais renfermée sur moi-même, je ne parlais plus, j'avais beaucoup maigri, je n'avais ni le soutien de la famille de ma mère, ni celui de ma petite sœur, ni celui de mon frère, car il ne disait rien. Toute la famille de ma mère m'avait rejetée, car pour eux je n'étais pas une bonne fille, j'étais mal vue. La seule personne qui malgré tout ce que ma mère me disait elle me prenait en cachette, c'était ma grand-mère. Elle était au courant de tout ce qui se passait, mais elle ne pouvait rien dire à ma mère, car elle avait de l'emprise sur elle. En plus, ma mère allait me frapper.

À plusieurs reprises, ma mère m'a mise dehors puisque je suis arrivée plus tard que ce qu'elle voulait. En me frappant, ma grand-mère me prenait, mais ma mère n'était pas au courant, car j'allais encore être frappée. Chaque fois qu'elle me mettait dehors, je revenais deux ou 3 jours après, même si elle allait me frapper avant de me reprendre j'acceptais cela.

En 2015, ma mère devait aller avec ma grand-mère passer des vacances en République Démocratique du Congo, j'étais super contente, car pour moi c'était comme si j'allais sortir d'une prison infernale. Ce que je ne savais pas, c'est qu'elle avait un plan en tête. La veille de son départ, elle m'a dit que je ne resterais pas avec mon frère et ma sœur, je devais quitter la maison pour aller chez ma tante. Sur le coup, j'étais déçue, très déçue, qu'est-ce que je pouvais faire ? Car je n'avais ni pouvoir ni parole ; personne ne pouvait écouter mes cris de pleurs, car devant tout le monde je ne servais à rien.

Le lendemain, elle a pris mes affaires et les a mis dehors en me disant : « Essaye d'aller toquer chez tantine Zozo, si elle va accepter de te garder. En tout cas, pendant mon absence, tu ne seras pas ici. »

Je n'avais pas de choix, j'avais pris mes habits restants sans rien dire, je suis allée chez ma tante à 6 h du matin. Lorsque je suis arrivée là-bas, elle dormait. Après plusieurs sonneries, elle a fini par répondre, et m'a ouvert la porte. Je lui ai expliqué la situation, elle m'a dit que ma mère ne l'avait même pas prévenue, mais qu'elle accepte de me prendre. Je l'ai remerciée en m'agenouillant, car c'était la première fois que quelqu'un de la famille de ma mère me considérait, sans papiers, sans position, rien. Enfin, elle m'avait écouté.

Elle s'appelait José, elle m'avait prise pour son enfant. Pour elle, j'étais comme sa propre fille, la vie n'a pas été un long fleuve tranquille avec elle, mais une chose était sûre, elle m'a donné de l'affection, de la considération. Elle était toujours à l'écoute et m'avait donné ce que ma propre mère ne m'avait jamais donné, ou voulu me donner, elle était à l'écoute pour moi, même si je n'avais pas de situation financière et même si elle n'était pas facile à vivre, au moins, elle était dans la compréhension, dans l'écoute, dans la communication. Bizarrement, je l'aimais plus que ma propre mère, elle avait développé avec moi le sentiment de mère-fille. Nous avons créé des liens que je n'avais jamais créés avec ma mère ce lien aussi fort.

Pendant leur voyage en RDC, ma grand-mère est décédée, le deuil s'est passé chez elle, les proches de la famille nous rendaient visite chez elle. 2 semaines après l'annonce, elle avait acheté son billet et elle était allée en République démocratique du Congo avec ses frères et sœurs, y compris quelques cousines, pour enterrer ma grand-mère. J'étais restée seule à la maison chez elle, à un certain moment je n'avais plus rien à manger, personne ne pouvait m'aider, ma grand-mère me manquait tellement que j'avais fait une dépression pour moi je devais mourir sans rien dire à personne. J'ai vu ma vie s'écrouler, personne ne le savait, je ne voulais informer personne ni dans mon entourage ni mes proches. J'ai fait 2 semaines, enfermée dans cette maison sans manger, j'avais mal partout il m'était impossible de sortir ou de m'acheter quelque chose par manque de moyens. Je ne voulais non plus informer l'homme avec qui je vivais, qui s'appelait Lukela, je voulais juste mourir, je voulais laisser ce monde si cruel, ce monde qui ne m'a jamais rendue heureuse même pour quelques secondes, ce monde où personne ne m'avait considérée, ce monde où la vie m'avait tout pris, ma grande mère, une mère que la vie m'avait prise.

J'ai continué à être malade jusqu'à ce qu'un ami Fabrice Mikobi s'est mis à me chercher. Comme ils étaient venus au deuil à la maison où je vivais, il m'avait rendu visite sans rien me dire. Lorsqu'il était arrivé j'étais dans un état chaotique, il m'a donné des médicaments, m'a acheté à manger et il est resté avec moi. Il s'appelle Fabrice Mikobi, c'est quelqu'un qui m'a beaucoup aidé, sans rien demander, c'est lui qui m'a aidé à sortir de la dépression, alors qu'il me restait quelques heures à vivre. Il m'a aussi ramené à l'hôpital, mais je n'ai jamais voulu même que l'hôpital appelle ma famille. De plus, je n'avais ni CMU, le tiers payant ni l'assurance maladie pour les sans-papiers. Je suis restée 3 jours à l'hôpital, au bout du 4e jour nous sommes sortis afin de rentrer chez ma tante. Quelques jours après, mon pote avait repris sa vie, il était reparti chez son oncle où il vivait.

Deux semaines plus tard, une dame qui m'a dit être l'amie de ma tante, du nom de Katshia, m'a dit qu'elle voulait juste que je garde son fils Disaya qui avait 5 ans pour un week-end, elle reviendrait le dimanche pour le prendre. Le propriétaire de la maison où vivait ma tante était venu, car c'était une maison privée, il m'a fait sortir de la maison avec l'enfant, les jours qui ont suivi, j'ai commencé à dormir dehors chez les potes, et ce, pendant 4 mois. Parfois, on me mettait dehors, car je ne pouvais apporter aucune une contribution pour la famille qui m'avait accueillie avec l'enfant, donc c'était vraiment difficile. Je souffrais tellement que je me suis séparée de l'enfant. Je l'avais donné à une grande sœur qui était l'ex de mon oncle, on s'attendait bien. J'avais préféré souffrir seule, donc elle avait accepté de prendre l'enfant, comme par hasard, la mère de l'enfant ne m'a plus re contacter, c'était au mois de juin 2016 qu'elle était venue déposer l'enfant.

Fabrice Mikobi, Labelo, Fils, Alvine, ma bande du ghetto, les amis qui m'ont tenu la main jusqu'à la guérison, ma bande d'amis, mes amis de la souffrance, mes amis de la mort à la réussite, ceux chez qui je trouvais la paix, c'étaient mes amis des rues ; nous jonglons les rues de France, nous n'avions pas de position, impossible d'oublier leurs rôles, même si c'était nocif, mais c'est avec eux que j'avais selon moi trouvé le bonheur absolu.

Après deux semaines, je dormais et dans les rêves, j'ai vu ma grand-mère. Elle est venue me dire que je devais bloquer une personne qui était amie avec moi sur les réseaux sociaux. Dès que je me suis réveillée, j'ai expliqué cela à mes amis du ghetto (Fabrice), il m'a dit qu'on verra ce qui pourrait se passer. Le lendemain, tout allait bien, j'étais en bonne forme, tout allait bien franchement j'étais choquée.

Dès que je suis sortie de ce combat, je ne sais pas, mais j'avais la conviction que ma vie allait changer, je ne savais pas comment les choses allaient tourner, comment les choses allaient changer, mais j'étais sûre que ma vie allait changer alors que j'avais pas de soucis. Je ne savais pas comment cela allait se passer, mais j'étais persuadée que j'allais changer de vie, que ma vie allait prendre une autre tournure.

Un jour, mon cousin Muke m'a vue dans les rues de Paris. Vu comment j'étais, il a décidé de parler avec ma mère pour me reprendre donc le lendemain nous sommes partis chez ma mère. Le petit garçon (Disaya), mon cousin ainsi que moi-même. Il avait demandé pardon à ma mère pour nous reprendre, car j'étais vraiment dans la merde avec le petit. Ma mère a eu pitié de l'enfant, car je lui avais tout expliqué, elle avait décidé de nous reprendre.

Dès qu'elle nous a repris, le cauchemar aussi a repris, mais J'étais obligée de me soumettre pour permettre à l'enfant de manger et boire.

Vu que je n'avais plus de nouvelles de la mère, en septembre j'ai demandé à ma mère d'aller inscrire l'enfant à l'école. Je m'étais organisée pour aller le chercher tous les soirs. Pour moi, j'avais déjà mis un enfant au monde. Comme le téléphone de la mère ne passer pas, c'était un enfant que je portais beaucoup dans mon cœur. Une fois que ma mère l'a présenté à l'école, le directeur a dit à ma mère d'aller voir l'assistante sociale, après cela l'État français avait décidé de prendre l'enfant sans rien nous montrer, car pour eux nous étions des étrangers pour cet enfant. Le pire c'est que l'enfant ne parlait que le lingala et le dutch, il avait le passeport allemand.

L'état m'avait mise dans un autre enfer en prenant cet enfant. Pour moi, c'était un problème de vivre sans lui puisque je m'y étais habituée, nous avions passé des moments très difficiles, il était devenu mon tout-en-un. Je l'avais vraiment porté dans mon cœur, je pleurais matin et soir, pour moi on m'avait tout pris, cet enfant était tout ce que j'avais de plus cher au monde, ce qui me restait. Le fait de me le prendre était un enfer. J'avais arrêté l'école, je ne mangeais pas, je m'étais mise à chercher des avocats pour faire quelque chose pour au moins que j'aille le voir tous les week-ends ou même sortir avec lui pour un week-end, mais tous les avocats me demandaient beaucoup d'argent pour commencer la procédure, je ne travaillais pas, j'avais reçu à deux reprises une obligation de quitter le territoire, je ne pouvais pas faire grand-chose. J'ai une mère qui s'en foutait de nos démarches administratives. Pour elle, le fait de faire en sorte qu'on vienne en France suffisait, donc les démarches administratives ne l'intéressaient pas.

Un jour, j'étais assise dans un kebab, c'était au mois d'octobre, je ne savais plus quoi faire, ou ce qu'il faut faire pour récupérer cet enfant. Je n'avais aucun pouvoir, aucun papier. J'ai souffert chez ma mère alors je suis allée dans un kebab, car ma mère ne me donnait plus à manger. Un vieux monsieur dont j'ignorais la provenance s'est approché de moi en me demandant ce qui me tracasse, je me suis mise à lui parler de cet enfant, je lui ai expliqué tout ce qui s'était passé, ensuite il m'a donné une carte en me disant tu peux m'appeler et passer chez moi un week-end, on va parler de ça. Il m'avait dit de ramener tous les documents concernant cet enfant, qu'on allait réfléchir ensemble de ce qu'on pouvait faire. J'avais pris sa carte, mais pour moi il n'allait rien faire, vu son âge aussi avancé, je pensais qu'il rigolait, qu'il ne pouvait rien faire. Lorsque ma mère a vu cette carte, elle a pensé que je sortais avec un vieux monsieur, donc elle m'a demandé, je lui ai expliqué, elle ne m'a pas cru. Elle m'a dit d'appeler le monsieur, je l'ai fait. Il m'a encore dit « vous pouvez venir ce week-end, venez même avec votre mère, si vous voulez, car ici le week-end il n'y a pas de bus ».

Alors le week-end suivant, nous sommes allées chez le monsieur, il s'appelait Jacques Cuhaciender Agop, c'était un Français vivant à Roissy en brie, à la campagne. Physiquement, il était grand un peu fort de corps, les cheveux blancs. Il avait fait les études de droit au départ, ensuite il avait été juge pour enfants, puis juge à l'Ofpa, interprète à la Cour de cassation, c'était son dernier métier avant sa mort, le 25 avril 2017 à Roissy en brie. Alors le week-end suivant, nous sommes parties avec ma mère. Arrivées là-bas, le monsieur était entouré des gardes du corps, une femme d'entretien, il vivait dans un château de 13chambres, c'était quelqu'un de très humble, très sympathique, très correct, droit, compréhensif, c'est un monsieur qui m'avait enfin sortie de la galère. Enfin ! ma famille commençait à me respecter un peu, car ce monsieur m'avait donné des objets de valeur, il envoyait de l'argent tous les mois à ma mère pour qu'elle achète à manger pour nous. Enfin ! j'avais trouvé un refuge, un endroit où je pouvais déposer ma tête le week-end. Je n'ai pas payé le ticket depuis mon arrivée en France en 2008 jusqu'à ce que j'ai eu mes papiers et commencé à travailler pour stabiliser ma vie.

Après avoir trouvé un repos, un confort, un enseignant, un mentor, un pote, un ami, un père, enfin quelqu'un qui m'avait donné l'amour que mon père m'a donné dès le bas âge, vient le 15 juin 2017, le jour où j'ai cru ne plus exister. Le jour où pour moi tout s'était arrêté. Je me suis réveillée le matin, je suis allée à l'école, tout allait bien. J'ai essayé de le contacter sans suite, dans ma conscience tout était bien, car il ne vivait pas seul. Ce jour-là, j'ai essayé de le contacter à plusieurs reprises, mais le téléphone sonnait sans suite. J'ai cru qu'il n'avait pas envie de répondre ou je ne sais quoi, mais je ne m'étais pas autant inquiétée. Lorsque j'ai fini l'école, j'ai essayé encore de rappeler sans suite, après je suis allée réviser avec une amie chez elle, j'étais dans l'obligation de mentir à ma mère que je suis allée chez mon ex-fiancé. Dès que je suis rentrée à la maison, j'ai demandé à ma mère si Jacques l'avait appelée, elle a dit non. Nous sommes restées sans inquiétude jusqu'à 23 h où le téléphone continuait de sonner sans suite, alors nous avons commencé à nous inquiéter. J'ai dû appeler la police pour faire une enquête. Ce jour-là, nous avons attendu 8 h, soit de 23 h à 6 h pour que la police nous contacte à nouveau pour nous dire que c'était fini, qu'il n'était plus en vie, qu'il avait rendu l'âme dans la tranquillité. Ils nous ont dit qu'il n'avait pas souffert, qu'il était mort naturellement.

Quel choc nous avons eu avec ma mère ! j'avais perdu tout ce que j'avais. J'avais perdu mon mentor, mon pote, mon père. J'avais perdu celui qui m'a donné l'amour infini. C'est alors que tous ses textos m'étaient revenus. Un jour, il m'a dit :

« Dieu promit à Abraham de faire de lui le père d'une multitude, il lui promit qu'à travers Sarah il allait lui donner un enfant, les années passaient et l'enfant ne venait pas. Sarah poussa Abraham vers Hagard, et il eut un enfant, Ismaël, qui n'était pas le fils de la promesse. Alors, Dieu corrigea cela, il passa par Sarah afin de demander à Abraham qu'il chasse Ismaël. Ismaël est la volonté PERMISSIVE de quelque chose que tu as fait parce que tu étais IMPATIENT, d'une relation dans laquelle tu es parce que tu as FORCÉ dans la chair, d'une chose que tu trimballes, à laquelle tu t'accroches, mais tu sais que ce n'est pas le plan parfait de Dieu, et Dieu t'a déjà dit d'ôter cette chose de ta vie, et certains attendent le SOIR pour enlever cette chose de leur vie, alors que c'est le matin qu'il faut le faire. Ismaël peut être un fiancé, une affaire, une maison où tu vis, un ministère que tu as commencé, un mariage, mais ce ne sont pas les plans parfaits de Dieu ni l'adresse où Dieu vous voit. Ismaël est un enfant, mais pas la PROMESSE, quand tu as Ismaël dans ta vie, plutôt tu t'en débarrasses plutôt Isaac grandira, car la présence d'Ismaël met mal à l'aise Isaac. Cherche dans ta vie qui est Ismaël, qui bloque tes projets. Apprenez à enlever tôt le matin Ismaël dans votre vie. Quand tu te rends compte que ce que tu pensais être un plan de Dieu n'est plus le cas, tu dois avoir le courage de le quitter tôt le matin (lorsque rien ne vous est arrivé) et NON le soir (lorsque tu t'es trop accroché et que beaucoup des mauvaises choses sont arrivées). Sachez une chose, lorsque vous avez Ismaël dans vos vies, ce n'est pas Satan qui vous combattra, mais Dieu lui-même. Dieu deviendra ton enneminuméro1, il s'opposera à toi jusqu'à ce que tu comprennes que tu n'es pas plus sage que LUI, enlever vos Ismaël très tôt, ne dites pas que vous allez le faire dans 1, 2, 3ou 4mois, le plan de Dieu prendra du retard dans votre vie, il y a des choses qui prennent 10 ans dans nos vies alors que ça devait prendre une semaine. Tant que tu ne lâches pas la volonté permissive, tu ne vivras jamais la volonté parfaite de Dieu. On n'impose pas à Dieu en disant j'attends d'abord que tu me donnes la promesse avant que je lâche la volonté permissive QUITTE

D'ABORD, DIEU SOCCUPERA DE LA PROMESSE. »

Ce monsieur a été très gentil avec moi ; c'était mon père. Il avait remplacé tous ceux que j'avais perdus c'est-à-dire ma grand-mère. Il agissait comme ma grand-mère, c'était un philosophe un avoué.

J'ai passé des temps difficiles, très difficiles, mais même dans la difficulté, il m'aidait à ne pas sombrer. Ensuite, j'avais la paix, car je savais qu'il m'avait dit qu'il serait là pour moi, même en esprit. Aujourd'hui, j'ai juste envie d'être reconnaissante envers celui qui n'a jamais changé ses mots jusqu'à ses derniers jours, j'ai frôlé la mort, j'ai voulu me suicider, des années sont passées, j'attendais juste qu'il me sorte de là, j'attendais ça comme Habacuc. Aujourd'hui, j'ai juste envie de te dire merciiiii, merci pour toutes ces personnes que tu as mises à mes côtés. Merci, merci. Les gens qui me sont chers, très chers aujourd'hui.

Après la mort de Jacques Cuhaciender, les choses ont recommencé à sombrer. Le jour de son enterrement, j'ai vu quelqu'un venir me voir, comme par hasard. Cette personne était son banquier, qui m'avait donné une carte en me disant de l'appeler, de prendre rendez-vous avec lui, chose que j'ai faite sans hésiter. Il s'appelait M. Boris Duvivier. Lorsque j'ai pris rendez-vous, je n'avais pas de papiers, alors j'ai emmené tout ce qui prouvait que c'était moi Vanessa. Dès que je suis arrivée, il a fait appel à ses collaborateurs qui étaient M. Elkaïm Anne, le responsable, Mme Lotfi, celle qui joue aujourd'hui le rôle d'une mère, M. Parvez, son avocat, et moi-même. Nous avons pu faire une réunion, c'est là qu'on m'a expliqué le rôle de chacun d'entre eux, que Jacques avait laissé pour moi. À partir de là, nous avons formé une équipe. Ils m'ont aidé à avoir mes papiers, je ne vis plus chez moi depuis octobre 2018 jusqu'à présent. J'ai fini mes études.

À travers ce livre, je voudrais donner de la force à ceux qui en manquent, à ceux qui pensent que la vie s'est arrêtée parce qu'ils ont tout perdu, je voudrais leur dire de net jamais désespérer, que Dieu est là qu'il vous bénira. Malgré les moments durs, ayez la foi, la conviction que vous allez réussir.

Certaines difficultés perdurent dans la vie simplement parce que les frustrations qu'elles génèrent ne sont pas encore suffisantes pour susciter une véritable révolte personnelle, un réel sentiment de ras-le-bol, un véritable dégoût de la médiocrité.

Je traduis ma pensée :

« Tant que tu ne décides pas de prendre les choses en main en faisant ce que Dieu dit pour sortir de ta situation désagréable, tu vas encore y rester. »

Devant certaines situations, la sagesse se résume à se taire et à regarder l'évolution.

Aucun couple ne doit chercher à être comme un autre. Chaque couple doit trouver son équilibre son point de stabilité en fonction des deux personnalités qui y sont impliquées.

Chercher à copier aveuglement ce que fait un couple chez vous, sans vous adapter à votre réalité vous expose au-devant de plusieurs résistances.

Pour terminer, tu n'as devant toi ni la femme de ton voisin ni l'homme de ta voisine, ni ta mère, ni ton père, ni ta sœur, ni ton frère, alors ne cherche pas à faire de l'autre ce qu'il n'est pas.

Trouvez votre équilibre en fonction de vos deux personnalités sans vous soucier de ce que les gens penseront ou diront.

Ne pleure pas trop, ma sœur, Dieu connaît ton cas. Par son nom, le plus important est de demeurer à ses pieds.

Tu te sens malheureuse dans ta relation, parce que ton homme ne te considère pas. C'est quand un homme sait que tu l'aimes trop et que c'est toi qui cherches toujours à demander pardon pour arranger vos problèmes qu'il se met à faire le malin et à te traiter comme il veut. Il te parlera comme il veut. Il commencera à te tromper avec plusieurs femmes parce qu'il sait que tu lui pardonneras par amour. Il se permettra parfois de porter main sur toi parce qu'il sait que tu lui pardonneras.

Tu as fait l'erreur de lui donner tout ton cœur. Les bonnes femmes tombent sur des salopards qui ne connaissent rien de l'amour et de la valeur d'une femme. Ma sœur, si tu es dans cette situation actuelle, bats-toi pour changer les choses dès maintenant, au cas où tu veux que je t'aide à sortir de cette situation.

Il y a des moments où il faut être têtu comme une punaise, résister à la pression de ceux qui se croient plus forts, rejeter la pression de ceux qui pensent être plus intelligents. Il y a des moments où il faut avoir un cœur de pierre, rester ferme sur sa position, ne pas céder un seul centimètre au nom de l'honneur.

Le respect ne s'accorde pas gratuitement, c'est vous qui apprenez au monde comment vous respecter.

Avant d'être aimé, cherchez à être respecté.

Du respect émanent l'autorité et la constance, la puissance et la prépondérance.

L'amour du public est instable et volatile. L'appréciation volage et bancale. Ils peuvent être présents aujourd'hui et absents demain.

Il est d'ailleurs impossible d'aimer ou d'apprécier quelqu'un de la même manière de lundi à dimanche, quoi que l'on fasse. Le respect par contre est plus stable, plus constant et, quelques fois, imposant.

Il est presque impossible d'être malicieux ou déloyal envers celui qu'on respecte. Il n'y a pas d'amour véritable sans fondement de respect. Pas de considération réelle construite sur l'irrespect.

Le respect c'est l'Homme. Le respect c'est tout.

La dépendance affective c'est le fait qu'on ait été mal aimé, nous croyons toujours que nos parents nous ont aimés de la meilleure manière qui soit. Le fait de ne pas recevoir de l'amour conduit certaines victimes à la dépendance affective des personnes très généreuses. C'est excellent de l'être, d'ailleurs c'est un conseil. Nous sommes souvent déçus aussi de la pire manière, car nous ne recevons pas souvent plus que ce qu'on a donné dans tous les domaines.

Mes douleurs m'ont appris à me soigner, les échecs m'ont appris à gagner ; les échecs restent les meilleurs professeurs. Vanessa revient de loin, elle a connu la misère, le rejet, quelques fois l'enfer dans des rues de Kinshasa (République du Congo) et en France. Jeune fille abandonnée et rejetée par sa propre famille ainsi que ses proches en France alors qu'elle a vécu une enfance normale avec son père et son frère jumeau, elle a été quelques fois sans-abri et analphabète un jour. Fille de calvaire, cela débute lorsque des « fous de Dieu » ainsi que la famille de sa mère les ont accusés injustement, avec son frère jumeau, d'être des « sorciers » qui apportent le malheur dans leur famille. Combattante et courageuse, un matin sa mère décide de son départ en France en 2008, suivi de celui de son frère jumeau en 2009, pour vivre avec elle. Le calvaire commence lorsqu'elle arrive en France.

Après 10 ans de souffrance en 2018, elle fait la rencontre de ceux qui sont aujourd'hui ses responsables (Anne Elkaim, Lotfi Silvy).

Chacun de nous porte en lui les traces d'un parcours difficile, mais même avec des blessures, la route continue.

Remerciements

Elkaime Anne ; une mère de substitution celle qui m'a portée dans son cœur. Elle m'a soutenue et me soutient encore, celle qui était là pour moi. C'est grâce à elle que j'ai eu mes papiers, grâce à la pétition ainsi qu'à l'amour que chaque professeur m'a apporté.

Sylvie Lotfi : une porteuse d'espoir. C'est la mère qu'on m'a donnée dans un plateau, une mère qui m'a prise sous ses ailes, elle m'a beaucoup protégée, enfin elle me protège jusqu'à présent.

Magguy et Campos, mes parents à vie. JE NE VOUS OUBLIERAI JAMAIS, vous qui m'avez gardée pendant plusieurs mois, mes conseillers à vie. Magguy m'a aidée à tenir ferme sur le chemin du Christ.

Je remercie Jose Katanga ; Naomie Keba, ma sœur ; Trésor Keba, mon frère et Sachine Jean.

Je remercie également le lycée Gutemberg, c'est un lycée qui m'a acceptée comme j'étais, un lycée incroyable. J'y ai rencontré des professeurs incroyables, aujourd'hui, je vole très haut grâce à eux, grâce à leurs efforts. Les professeures m'ont énormément soutenue, elles ont joué le rôle de membres de ma famille ;

Fabrice Mikobi, quelqu'un que je n'oublierai jamais. C'est mon jumeau, celui qui m'a aidée à sortir de prison ; c'est un peu mon sauveur, mon meilleur ami du ghetto ;

Galiano, Labelo ; mes amis du ghetto ; ceux par qui DIEU était passé pour me délivrer de la mort, ceux que j'aime d'un amour sans faille ;

Bella Akukakele, c'est une amie avec laquelle j'ai tout vécu, mon amie de calvaire. Aujourd'hui, elle est bien dans son foyer avec son mari. Soyez heureux !

Je remercie enfin Gaston pour sa bonne foi, son bon cœur.

Imprimé en Allemagne
Achevé d'imprimer en janvier 2022
Dépôt légal : janvier 2022

Pour

Le Lys Bleu Éditions
40, rue du Louvre
75001 Paris

LE LYS BLEU
ÉDITIONS

www.ingramcontent.com/pod-product-compliance
Lightning Source LLC
LaVergne TN
LVHW050345160826
845677LV00014B/3806

* 9 7 9 1 0 3 7 7 4 9 2 9 1 *